A CAPPELLA
▪ POUR FLEURUS ▪

Édition : A Cappella Création
Direction éditoriale : Christine Pedotti
assistée d'Anna Guével
Directrice artistique : Élisabeth Hebert
assistée d'Amélie Hosteing
Illustration de couverture : Fred Multier
Mise en pages : Bambook
Photogravure : Altavia Lille
Achevé d'imprimer en janvier 2007
par Pollina, en France - L 41889
N° d'édition : 07011
Dépôt légal : février 2007
ISBN : 978-2-2150-4595-3
© Groupe Fleurus, Paris, 2007

Sommaire

Ô soleil radieux qui coules mes langes de ton éclat merveilleux

LA COMPLAINTE DU CHEVALIER QUI VOULAIT ÊTRE TROUBADOUR

Oyez, oyez, gents damoiseaux,
La complainte du chevalier Hugo
Qui rêvait d'être troubadour
Et qui rimaillait tout le jour.

Dès sa naissance, dans son berceau,
Il jouait avec les mots,
Tellement longs-z-et interminables
Que ses nourrices tombaient malades.

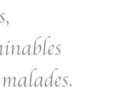

À l'âge où l'on devient écuyer,
Au lieu d'apprendre à chevaucher,
Au lieu d'apprendre à faire la guerre,
Il préférait chanter des vers.

Finalement, on finit par l'adouber,
Il devint chevalier,
Mais jamais Hugo ne se battit,
Il continua sa poésie.

Pourtant, il devint un héros,
Le célèbre chevalier Hugo,
Celui qui fait trembler
Les meilleurs des guerriers.

Car ses poèmes n'étaient pas bons,
Et tellement, tellement longs,
Que quiconque l'écoutait trop longtemps
Tombait de monture en dormant.

À la fin de chacun des combats,
Archers, mercenaires, soldats,
Tous les seigneurs en cotte de mailles
Ronflaient sur le champ de bataille.

Et Hugo repartait vainqueur,
Poème en bouche, main sur le cœur,
Tandis que, le pouce entre les dents,
Ses ennemis dormaient comme des enfants.

Seules les dames de la cour,
Adoraient le chevalier-troubadour,
Elles lui trouvaient beaucoup de charme,
Préférant les poèmes aux armes.

Oyez, oyez, gents damoiseaux,
La morale du chevalier Hugo.
« Mes poèmes me font gagner les combats,
Et pour séduire les dames, c'est extra ! »

LE CHEVALIER À L'AMOUR VACHE

Il était une fois un chevalier qui avait peur des chevaux. Alors, pour aller au tournoi, il avait choisi de chevaucher… une vache. Une belle vache normale, blanche et noire, avec une grosse cloche autour du cou et des cornes symétriques. Le chevalier lui disait, en lui flattant le flanc : « Tu es plus confortable qu'un cheval, plus calme qu'un étalon, plus belle qu'un pur-sang. Et en plus, c'est vraiment toi la plus futée ! N'est-ce pas, Blanchette ?

— Meuh ! »

approuvait fièrement la vache.

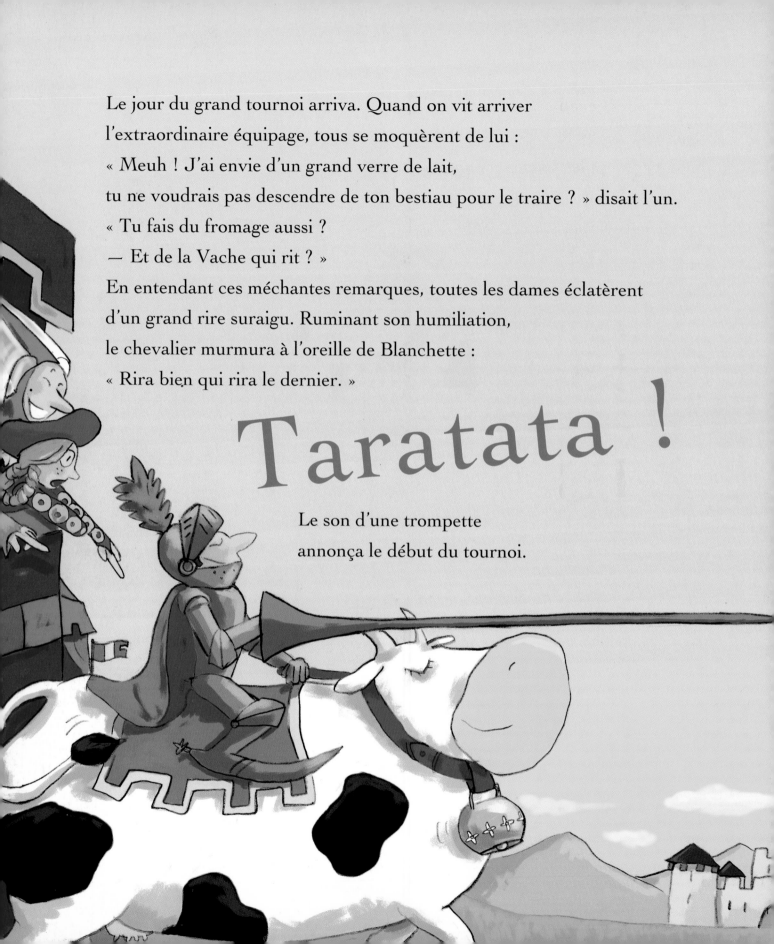

Le jour du grand tournoi arriva. Quand on vit arriver
l'extraordinaire équipage, tous se moquèrent de lui :
« Meuh ! J'ai envie d'un grand verre de lait,
tu ne voudrais pas descendre de ton bestiau pour le traire ? » disait l'un.
« Tu fais du fromage aussi ?
— Et de la Vache qui rit ? »
En entendant ces méchantes remarques, toutes les dames éclatèrent
d'un grand rire suraigu. Ruminant son humiliation,
le chevalier murmura à l'oreille de Blanchette :
« Rira bien qui rira le dernier. »

Taratata !

Le son d'une trompette
annonça le début du tournoi.

Le premier chevalier se lança au galop.

En face, Blanchette avança dans la lice en dandinant de la croupe.

Au moment où le cheval arrivait à sa hauteur, elle fit tournoyer

sa longue queue comme un fouet…

Et clac, elle frappa comme si elle voulait chasser une mouche.

La queue toucha, en plein sur le museau, le destrier de guerre.

Il tomba, assommé,

les quatre
fers en l'air !

« Oh ! » crièrent les chevaliers.

« Ah ! » crièrent les dames de la cour.

Désormais, le deuxième adversaire se méfiait de la queue.

Il éperonna sa monture, mais quand il croisa la vache, Blanchette meugla :

« Meuhhh, Meeeeuhhh !! »

De surprise, le cheval sursauta, rua, se cabra… Pataclop !

Le chevalier désarçonné se retrouva les fesses par terre !

« Oh ! » crièrent les chevaliers.

« Ah ! » crièrent les dames de la cour.

Le troisième chevalier décida

d'être encore plus prudent :

il attendit que

la vache fasse

le premier pas.

Blanchette attendit aussi. Elle attendit, attendit. Mais rien ne se passa.

Alors, elle s'impatienta. Elle vit aussi rouge que son mari le taureau.

Elle gratta du sabot, pointa ses cornes. Et elle lança la charge !

Olééé...

Le cheval et le cavalier eurent tellement peur qu'ils prirent

leurs pattes et leurs jambes à leur cou, et je crois

qu'ils courent encore !

« Ah ! » crièrent cette fois les chevaliers.

« Oh ! » nuancèrent les dames de la cour.

« Et de trois, s'exclama alors le chevalier-vacher !

Quelqu'un veut-il encore traiter ma monture de grosse vache ?

— Euh, euh, non, non, pas vraiment.

— Et puis, elle n'est pas si grosse, ta vache…

— Elle est même plutôt svelte et drôlement courageuse.

— Et vachement rusée, aussi. Je voudrais bien l'essayer.
Tu me la prêterais, dis ?

— Oh oui, moi aussi,
moi aussi… »

Et c'est ainsi que tous les chevaliers « chevauchèrent »
la vache noire et blanche. Ils la trouvèrent tellement à leur goût
qu'ils décidèrent de choisir eux aussi une vache pour monture.
Et dans tout le royaume, désormais, on ne vit plus que des chevaliers
perchés sur des vaches. Les chevaux, eux, restèrent dans les prés,
à brouter l'herbe verte !

LE PRINCE AUX ALLUMETTES

Le Prince Noir était un terrible combattant, rusé comme le renard, sanguinaire comme la sangsue. Tous le craignaient et les feuilles des arbres elles-mêmes tremblaient à son passage. Il étripait, saignait, trépanait sans relâche. Le froid, la peur, la faim et le remords n'avaient pas de prise sur lui. Bref, il pouvait tout… sauf se passer de cigarette.

Or, un jour, le Prince Noir eut envie d'en fumer une. Il fouilla les poches de ses chausses, de son pourpoint : impossible de trouver son briquet !

« Gardes ! » cria-t-il.

Aussitôt, trois soldats et un capitaine entrèrent dans la grande salle du château.

« Donnez-moi des allumettes ! J'ai envie de fumer ! »

Alors, les soldats se mirent à trembler : il valait mieux ne pas contrarier leur maître quand il n'avait pas fumé !

Le capitaine répondit : « Prince vénéré, nous avons utilisé notre dernière allumette hier, pour mettre le feu au donjon de votre ennemi juré, le Prince Gris…

— Bande d'incapables ! J'ai besoin de feu et tout de suite ! »
s'énerva le Prince.

Un soldat bredouilla : « Allez voir dans la caverne du dragon…
Je… je crois qu'il a du feu ! »

La cigarette aux lèvres, le Prince Noir sauta sur son cheval,
sortit du château au grand galop, comme s'il avait le feu aux fesses,
sauf qu'il ne l'avait pas, justement !

Sur la route, il croisa un paysan qui passait par là :

« Manant, donne-moi du feu, j'ai envie de fumer !

— Noble Seigneur, je n'en ai pas… Vous levez tellement d'impôts que nous
n'avons plus un seul écu pour acheter une seule allumette. Mais allez voir
à la caverne du dragon, je crois qu'il a du feu ! » répondit le paysan terrifié.

Le Prince, exaspéré, éperonna son cheval et reprit son galop. La colère
et l'envie de fumer l'aveuglaient !

Au village, il tira sur les rênes, bondit de sa monture et entra dans la première chaumière, l'épée à la main.

Il tomba sur une pauvre paysanne qui épluchait des racines. Le Prince, rouge de colère, hurla : « Femme, j'ai envie de fumer ! Donne-moi du feu ! »

La malheureuse, glacée de terreur, balbutia : « Bon et doux Prince, ayez pitié, je n'en ai pas !

— Tu te moques de moi ? Comment feras-tu cuire ta soupe sans feu ?

— Prince, vos soldats ont détruit toutes nos récoltes… Nous n'avons plus rien à cuire, nous mangeons des racines de la forêt. Allez voir à la caverne du dragon…

— Je sais, je sais ! Là-bas, il y a du feu ! »

Le Prince Noir claqua la porte de la chaumière si violemment qu'elle se brisa.

21

Puis il lança son cheval à l'assaut de la colline, vers la caverne du dragon.

En entrant dans la grotte obscure, il tomba nez à nez avec un dragon gigantesque, vert émeraude. N'importe quel homme aurait pris ses jambes à son cou, mais le Prince Noir ne sursauta même pas, car il était habitué à commander à tous, hommes et bêtes. C'était le dragon qui tremblait : on redoutait la méchanceté du Prince Noir dans tout le pays, surtout lorsqu'il n'avait pas fumé !

L'homme ordonna au dragon :

« Dragon, donne-moi du feu… Il paraît que tu en as… »

Terrifié, le dragon obéit, sans même réfléchir. Il cracha une gigantesque flamme et rôtit entièrement le Prince Noir, sa cigarette et son épée.

De lui, il ne resta qu'un tout petit tas de cendres, par terre, à l'entrée de la grotte.

Moralité : Fumer, c'est dangereux pour la santé !

CRAPAUD CHERCHE PRINCESSE

On a coutume de dire que lorsqu'une princesse embrasse un crapaud il se transforme en prince charmant. Eh bien, ce n'est pas toujours le cas, figurez-vous.

Parfois, les bisous, ça ne marche pas du tout.

Il était donc une fois deux ravissantes princesses, qui vivaient dans un château très, très réussi, lui aussi. Elles étaient sœurs, elles s'aimaient beaucoup, mais ne se ressemblaient pas du tout ! L'aînée avait de longs cheveux blonds,

bouclés comme la laine des moutons ; la cadette, de longs cheveux
noirs, raides comme des piquants de hérisson.

Un jour, alors que l'aînée se promenait dans le jardin
du château, elle entendit un cri :

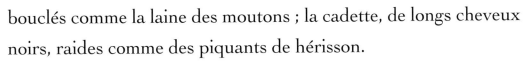

« CÔA CÔA
venez me délivrer, côa, s'il vous plaît, côa ! »

La princesse s'approcha.
Un crapaud coassait dans l'herbe.
« Cher crapaud, pourquoi
pleurez-vous ainsi ?
Que puis-je faire
pour vous aider ? »
demanda la princesse.

« Côa,
embrassez-moi,
et de mon sortilège
je serai délivré.

— Vous embrasser ?

Mais c'est impossible, je ne pourrais m'y résoudre !

Vous êtes petit et contrefait, et en plus, vous sentez la larve de mouche.

— Côa, faites un petit effort ! Sous mes vilaines apparences, côa,

je suis un prince très charmant, très beau et très, très riche, côa, côa.

— Un prince charmant, mon œil !

C'est des histoires de conte de fées, cela. Moi, je n'y crois pas !

— Mais enfin, princesse, côa, nous vivrons heureux et nous aurons

beaucoup d'enfants !

— Passer ma vie à élever des têtards, non merci ! »

Et la princesse tourna les talons. Le crapaud se gratta le crâne :

une princesse qui refuse d'embrasser un crapaud, on n'avait jamais vu ça !

Le lendemain, la princesse blonde décida
d'emmener sa brune sœur avec elle, au cas
où le crapaud l'aborderait à nouveau.
Bientôt, elles entendirent :
« Princesses, côa, venez ici ! »

Elles s'approchèrent. Le crapaud était là ! Sitôt qu'elles furent
à son côté, il coassa d'un ton impérieux :
« Maintenant, côa, ça suffit ! Je suis votre prince, côa,
et je vous ordonne de m'embrasser. Obéissez, côa côa !
— Sachez, vulgaire bestiole, que je n'obéis pas aux ordres
des crapauds ! » dit l'aînée.
« Et d'ailleurs, personne ne nous parle de cette façon-là !
renchérit la cadette.

Fi donc, palsambleu, tudieu, mordieu, adieu ! »

Le lendemain du lendemain, le crapaud
décida de se montrer plus malin.
Quand elles reparurent, il dit d'un ton
mielleux : « Princesses, côa, je crois,
côa, que nous sommes partis
sur de mauvaises bases,
vous et moi.

Écoutez, côa ! Je suis sûr que vous êtes très curieuses, côa, toutes deux, en plus d'être très belles et très intelligentes, côa.

Ça ne vous tenterait pas
d'essayer la magie ? »

La princesse aux frisottis de mouton avait toujours rêvé de faire un tour de magie. Et comme elle ne voulait pas que sa sœur lui grille la politesse, elle se lança : « Je suis l'aînée, c'est à moi de commencer.
Allons-y, crapaud ! » Elle ferma les yeux, prit sa respiration, se boucha le nez et… elle embrassa l'animal.
Mais rien ne se passa !
Le crapaud était toujours horriblement crapaud !

« Saperlicôapette,
ça ne marche pas ! »

La jeune fille aux cheveux de hérisson s'approcha alors,
la bouche en cœur : « À moi d'essayer ! Je suis peut-être la cadette,
mais question baiser magique, je ne crains personne ! »
Vlllouf, sitôt qu'elle eut déposé son baiser, un prince charmant
aux cheveux bruns et raides apparut.
Il se jeta aux pieds de la jeune
princesse et lui demanda
sa main d'une voix
certes tremblante,
mais sans un coassement.

Moralité :

il ne suffit pas d'être
princesse pour trouver
un crapaud à son goût.
Il faut encore être
la bonne princesse
pour le bon crapaud !

LA PRINCESSE QUI SENTAIT LE PUTOIS

Les princesses, vous le savez bien, portent de belles robes et des bijoux précieux, jouent au croquet, cueillent des fleurs, chantonnent gaiement et dorment dans des lits à baldaquin.

Mais la princesse de notre histoire n'était pas une princesse comme les autres. Ce qu'elle aimait, ce qu'elle adorait, c'était s'occuper des animaux.

Accroché à sa belle robe, il y avait toujours son chat Poupouf.

Courant autour du croquet, on trouvait souvent son chien Bouboule.

Sa vache Noiraude cueillait les fleurs avec elle et sa pie Eugénie chantait du yé-yé, quand la princesse lui prêtait ses colliers.

Et dans le lit à baldaquin ? Eh bien, c'est là que dormait son putois Zéphyrin.

Ses parents étaient désespérés. « Comment veux-tu faire pour trouver un mari ? Tu es sale et crottée, tu sens la paille et le fumier !

Et puis, un fils de roi ne voudra jamais d'un putois ? ! » disait le roi.

« Les princes n'aiment pas le crottin ! Ils préfèrent la rose et le jasmin !

Et en plus, Zéphyrin embaume tout le baldaquin ! » ajoutait la reine.

« Je n'ai pas besoin de mari ! »

J'ai ma vache, mon chien, mon chat, mon putois et ma pie ! »
répondait la princesse.

Une nuit, elle fut réveillée par des cris plaintifs. C'était Bouboule
qui geignait. La princesse eut très peur : c'était peut-être la grippe aviaire.
Vite, vite, elle consulta l'annuaire. Vite, vite, elle appela le vétérinaire.
Quelques minutes plus tard, le vétérinaire arriva. Il sentait bon la paille
chaude, l'avoine et le crottin. Aussitôt, le chat vint se frotter sur ses jambes.
La princesse fut troublée. Son chien Bouboule semblait aller mieux,
rien qu'à voir cet homme ! Même la pie Eugénie semblait ravie.

32

Le vétérinaire leva le nez… « Hum hum, ça sent le putois dans cette chambre… Se peut-il que l'un d'entre eux dorme ici ?

— Oui, sous mon baldaquin, il y a mon ami Zéphyrin…

— Une princesse qui aime les putois ! Mais c'est bien trop beau pour un roi ! »

Car le vétérinaire adorait tous les animaux, mais le putois était son préféré.

« Princesse, je vous aime ! » dit-il dans un souffle.

« Moi aussi je vous aime », répondit la princesse.

À ce moment précis, le roi entra dans la chambre de la princesse.

Et bien sûr, il surprit sa fille dans les bras du vétérinaire.

Quel crime de lèse-majesté !

« Jeune homme, je vais vous faire couper la tête ! » hurla-t-il.

Et il appela le bourreau, en lui disant de venir tout de suite avec sa hache.

Mais la princesse s'était jetée aux pieds de son père.

« Non, papa, calme-toi, je t'en prie.

Cet homme veut se marier avec moi…

— Justement, il mourra !

— Mais je l'aime, il est beau, il sent bon…

— Il mourra !

— Et en plus, il aime les putois ! »

À ces mots, le roi se troubla.

Quand on tombe sur un homme qui aime
les putois, il faut y réfléchir à deux fois !
« Bon, bon… C'est évidemment l'homme qu'il te faut. Tant pis
s'il n'est pas noble. Épouse-le sur-le-champ. Mais à une condition… »
Les deux amoureux le regardaient, éperdus.

« Qu'on emmène pour de bon ce maudit putois hors de mon toit ! »

Alors, les deux amoureux s'épousèrent, puis partirent
tous deux à cheval. Tous deux ? Oui, enfin, pas tout à fait…
Derrière eux, il y avait un chat, un chien, une vache,
un oiseau… et un putois malodorant, évidemment !

LA PRINCESSE QUI AIMAIT LES DRAGONS

Il était une fois la princesse Framboise, qui avait un vrai problème. Elle aimait les dragons. En leur compagnie, elle se sentait heureuse, rassurée. Tandis qu'avec des chevaliers elle s'ennuyait. Surtout avec le chevalier Citron, son prétendant. Mais chaque fois qu'elle rejoignait un dragon pour passer un peu de temps avec lui, Citron, n'écoutant que son courage, venait systématiquement la délivrer.

Et chaque fois, il faisait fuir le dragon au passage.

La première fois que le chevalier la ramena saine et sauve, Framboise dit
à son père le roi : « Je ne veux pas épouser ce Citron. Je préfère les dragons.
Ils ont de beaux yeux jaunes très expressifs, des écailles luisantes
et des ailes si jolies qu'ils me font rêver… »
La deuxième fois qu'elle fut délivrée, Framboise déclara :

« Je ne veux vraiment pas épouser ce Citron.

Il passe son temps à guerroyer, alors que je préfère le bonheur du foyer.
Un dragon, lui, entretiendra le feu pour la soupe et son haleine enflammée
allumera mon fer à friser pour me faire de belles boucles. »
La troisième fois, Framboise répéta : « Pas question de me marier
avec ce chevalier Citron. Il ne rêve que de chevauchées entre hommes
d'armes, alors que mes beaux dragons m'emmènent voler au-dessus
du royaume, sur leurs ailes enchantées. »
Citron en avait un peu assez : chaque fois qu'il croyait pouvoir se fiancer,
la princesse se faisait kidnapper ! Mais il continuait, vaille que vaille,
à la sauver.
Finalement, à force de rapts et de délivrances, il ne resta plus dans tout
le royaume qu'un seul dragon. Un beau dragon tout noir
avec de grands yeux jaunes très, très expressifs, des écailles vraiment
formidables et des ailes enchantées.

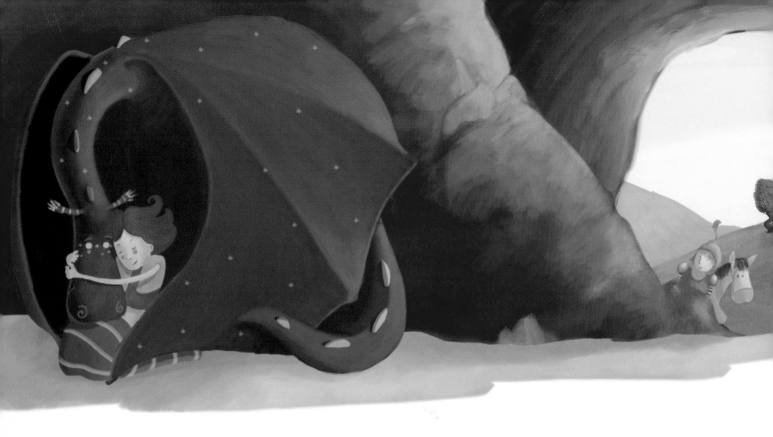

Lorsque Framboise croisa le regard de braise du dragon,
elle sut immédiatement que ce monstre était le dragon de sa vie.
Au bout de quelques jours, inquiet de ne pas la voir, le chevalier Citron
surprit la princesse et le dragon dans les jardins du château
où ils cachaient leur amour. Dissimulé derrière un buisson,
il entendit leur conversation :
« Oh! mon dragonnet chéri, que la vie est agréable à l'ombre de tes ailes
protectrices !

— Oh! mon petit beignet à la framboise,
que les jours sont doux
à ton contact sucré ! »

Ces deux-là roucoulaient comme deux tourterelles. Le chevalier Citron,
bouleversé, comprit que cet amour était fort et dur comme de la peau
de dragon et qu'il était vain de le combattre. Il sortit de sa cachette et dit :

« Ma douce Framboise,
mon cœur est brisé.

Je vais m'enfermer dans mon donjon à jamais. » Mais Framboise
avait bon cœur et souhaitait le bonheur de Citron. Elle envoya sa petite
sœur Myrtille dans le donjon, pour apporter un bon thé chaud au chevalier.
Au premier regard, le héros et la jeune fille tombèrent follement amoureux.
Et ils se marièrent quelques jours plus tard.

Framboise et le dragon noir furent invités à la noce, bien sûr.
Ce fut une belle fête : saucisses barbecue au chalumeau dragon,
fondue savoyarde au réchaud dragon… Framboise et son bel ami leur
offrirent même, pour finir, un petit voyage de noces dans les nuages,
sur les ailes enchantées.

Et même le chevalier
Citron se félicita
d'avoir un
beau-frère
si serviable,
en toutes
circonstances.

LA BANNIÈRE DU CHEVALIER BLANC

Tout le monde connaissait le chevalier blanc, le champion des tournois. Dès qu'il s'élançait sur son cheval, le panache blanc claquant au vent, l'écu immaculé au bras gauche, on aurait dit qu'il volait plus vite que l'aigle royal. Il pouvait rompre des lances pendant toute une journée, et même après la nuit tombée, alors que les gradins étaient presque vides. Jamais fatigué, toujours fringant, le chevalier blanc !

Les dames, en le voyant, s'évanouissaient. Les jeunes filles rêvaient secrètement de l'épouser. Et même les hommes l'admiraient, c'est dire !

En plus, le chevalier blanc adorait la bagarre. Dès qu'il apprenait qu'une bataille avait lieu quelque part, dès qu'il voyait une fumée au loin ou qu'il entendait le bruit du canon, il fonçait tête baissée pour s'y jeter, tant il avait envie de participer une fois au moins à une vraie guerre.

Mais il avait un gros problème avec sa bannière. Comme tous les chevaliers, il la portait dans le vent, en se rendant au combat.

Mais sitôt qu'il apparaissait pour se lancer dans la mêlée, tout s'arrêtait.

Les autres chevaliers rangeaient leurs armes, les archers arrêtaient de tirer, les canons cessaient de tonner...

Tout le monde se serrait la main, on discutait deux minutes,
puis chacun rentrait chez soi. Pourquoi, mais pourquoi donc
ne voulait-on jamais livrer bataille avec le chevalier blanc ?
Il alla poser la question à son roi.
Le souverain lui expliqua :

« Chevalier blanc, en fait, tout le monde prend ta bannière pour un drapeau blanc...

Dès que tu apparais, les autres chevaliers
pensent que ton camp veut se rendre.
Et aussitôt, la bagarre doit s'arrêter,
selon les règles de chevalerie.

— Mais que puis-je faire ? Je ne peux quand même pas aller me battre
sans bannière, ce serait inélégant.

— C'est vrai.

— Et je ne peux pas changer de bannière,
puisque je suis le chevalier blanc.

— C'est vrai.

Mais si par exemple tu devenais
le chevalier blanc
à pois rouges ?

— Ah oui, tiens, je n'y avais pas pensé... »

43

Quand le chevalier blanc rentra dans son donjon,

il sortit sa peinture rouge et ajouta de gros points sur son écu,

sur son plastron et sur sa bannière.

Grâce à cela, il put se précipiter à la guerre, le cœur tranquille,

dès qu'il entendit tonner le canon. Il se rua sur le champ de bataille,

avec sa bannière à pois rouges.

Tout le monde continua à se bagarrer, sans s'arrêter...

Il allait enfin pouvoir se défouler !

Mais il n'avait pas prévenu ses écuyers. Au moment où il sortit son épée,

ses écuyers l'attrapèrent par-derrière et le descendirent de cheval :

« Vous avez plein de sang sur le plastron, maître... » dit le premier,

trompé par le rouge de la peinture.

« Vous êtes sûrement gravement blessé », dit le second...

Et ils le ligotèrent sur un brancard pour l'emmener à l'infirmerie,

pendant qu'il protestait sous son heaume et se débattait

comme une bête blessée. Et c'est ainsi que le chevalier blanc

rata encore une bataille.

Le temps que les écuyers comprennent leur erreur et qu'ils ramènent

le chevalier au combat, son cheval s'était enfui et les ennemis aussi.

Malheureusement pour le chevalier, ce fut la dernière et la plus belle bataille

de toute la guerre. La paix s'installa ensuite pour cent ans.

Le chevalier ne devint jamais un héros.

Si seulement, sur sa bannière,
il avait peint
des pois verts !

BLANCHE-NIAISE ET LE PRINCE PAS-CHARMANT-DU-TOUT

Il était une fois, dans un royaume très lointain, une princesse atrocement laide. Hortense était tellement vilaine que, lorsqu'elle passait dans les rues, les habitants fermaient leurs volets, les lépreux lui jetaient des pierres et même les chiens hurlaient à la mort. Tous les jours, la princesse interrogeait son miroir magique :

« Miroir, affreux miroir, dis-moi :
qui est la plus moche
de ce royaume ? »

Invariablement, le miroir répondait, au bord de la nausée :
« C'est vous, ô princesse Hortense ! Vous êtes bien, et de loin,
la plus laide de tout ce royaume et même des seigneuries voisines. »
Satisfaite, Hortense battait des cils épais sur ses yeux rouges,
en minaudant : à coup sûr, le prince-pas-charmant-du-tout
tomberait amoureux d'elle au premier regard !
Mais un matin, le miroir, bien embarrassé, lui donna une autre réponse :
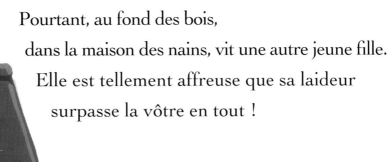
     « Princesse, vous êtes bien laide, ça, pas de doute.

      Pourtant, au fond des bois,

       dans la maison des nains, vit une autre jeune fille.

       Elle est tellement affreuse que sa laideur

        surpasse la vôtre en tout !

Comment !

Une simple paysanne
ose défier la fille du roi !

cria Hortense. Je la pourchasserai et l'empoisonnerai !

Et comment s'appelle-t-elle, d'abord, cette pimbêche ?

— Blanche-Niaise », répondit le miroir.

Alors, Hortense descendit dans les caves du château et dessina une énorme

verrue sur son nez déjà crochu : ainsi parachevé, son déguisement

de sorcière était parfait ! Puis elle partit dans la forêt et s'approcha

de la maison des nains sur la pointe de ses pieds bots.

Dissimulée derrière un arbre, elle aperçut Blanche-Niaise, au moment

où celle-ci sortait de la chaumière en braillant. Aussitôt, les oiseaux

s'envolèrent, les biches se réfugièrent au plus profond des fourrés

et même le grand méchant loup mit les bouts.

Hortense se pinça : la jeune fille chantait encore plus mal qu'elle !

« Mince… Et en plus, elle est vraiment très, très hideuse…

Si le prince-pas-charmant-du-tout se présente, c'est elle qu'il choisira. »

Alors, la princesse sortit de son panier une belle pomme rouge

empoisonnée… Et elle s'approcha de Blanche-Niaise, pour lui proposer

le fruit. Sans réfléchir, Blanche-Niaise, qui portait bien son nom, mordit

dans la pomme à belles dents (il lui en manquait trois sur le devant).

Elle sombra aussitôt dans un profond sommeil maléfique.

Victorieuse, Hortense rentra chez elle en ricanant méchamment.

Un jour, pourtant, le prince-pas-charmant-du-tout passa dans la forêt.

Il était bien las : cela faisait maintenant vingt ans qu'il recherchait, à travers

tout le pays, une princesse vraiment laide, digne d'être son épouse.

Mais toutes celles qu'il rencontrait

étaient beaucoup trop jolies !

C'est le problème, avec les princesses !

Il s'arrêta devant la maison des nains et il aperçut

le catafalque sur lequel reposait Blanche-Niaise.

Quand il vit l'affreuse endormie, le prince

fut saisi :

c'était elle,
celle qu'il cherchait
depuis
si longtemps !

Pour vérifier, il sortit de sa poche une pantoufle orthopédique, taille 46,
et l'essaya à la jeune femme. Elle lui allait comme un gant !

Oui, il avait enfin trouvé sa bien-aimée !

Aussitôt, n'écoutant que son amour, il embrassa Blanche-Niaise.

En ouvrant les yeux, elle sourit de toutes ses dents. Et elle épousa
sur-le-champ le prince-pas-charmant-du-tout.

Mais Hortense n'eut pas à s'en plaindre. Car l'amour rendit Blanche-Niaise
tellement jolie que la vilaine princesse redevint la plus laide
de tout le royaume. Et même des seigneuries voisines.

Et depuis, elle attend un autre prince pas charmant...

LA BELLE AU BOIS RONFLANT

Cela faisait maintenant cent trois ans que la princesse dormait dans son donjon. Elle s'était piqué le doigt à une épine de rose empoisonnée par la méchante sorcière. Et depuis, elle traînait au lit…
Il était grand temps de la réveiller ! D'autant plus qu'elle ronflait comme un camion de dix tonnes au démarrage.
Un ronflement si énorme que les habitants des villages alentour étaient obligés de mettre des bouchons d'oreilles pour dormir la nuit.
Certes, durant ces longues années, des princes étaient venus de très loin pour l'embrasser. Mais en entendant de loin ses ronflements, ils avaient fait demi-tour, craignant de partager le lit d'une telle soufflerie !

Un jour cependant, un prince, plus téméraire ou moins heureux en amour
que les autres, osa franchir les portes du donjon. Il crut tout d'abord
que le vacarme annonçait un dragon d'une espèce à gros naseaux,
sous-espèce des cracheurs de feu. Il dégaina son épée :

« En garde, dragon !
Ôte-toi de mon passage
ou je te découpe
en rondelles de saucisson ! »

Mais point de dragon dans le hall d'entrée. Le prince monta, monta
et ne rencontra personne dans les escaliers. « Bizarre », se dit-il.
Il arriva enfin dans la chambre de la princesse.
Les murs tremblaient, le plancher vibrait…
« C'est donc elle qui ronfle si fort ! La sorcière qui l'a plongée dans
le sommeil a dû aussi lui inoculer le sortilège de la ronflette. Mais comme
son visage est angélique, comme ses cheveux sont soyeux et bien peignés !
Je vais la réveiller d'un baiser et l'emmener dans mon royaume enchanté. »

RRRRR

Le prince, déjà amoureux,
fit un petit baiser de libellule
à la princesse. Elle remua
dans son sommeil, tourna la tête
de l'autre côté…
mais n'ouvrit pas les yeux.
« Bon, réessayons ! »
Le prince fit, à la princesse,
un baiser plus appuyé.
Elle agita le bras et poussa un gros

« Mummmm »

contrarié. Puis elle se remit
à ronfler. « Pauvre princesse,
le sortilège qui l'envoûte
est très puissant.
Elle n'arrive pas
à se réveiller… »

Il se racla la gorge, puis dit : « Princesse, youhou, c'est moi…
Princesse, c'est votre prince charmant ! Je viens vous libérer de la magie
qui vous tient endormie. Réveillez-vous, je vous aime ! »
La princesse ouvrit un œil :

« Qui êtes-vous, gringalet,
pour oser ainsi me réveiller ?

— Je suis le prince des causes perdues. Certes,
je ne suis pas bien épais, mais je suis très vaillant
et je viens vous secourir, belle princesse !
— Mais je n'ai pas du tout envie d'être
secourue, Monsieur le prince du pain perdu !

Je suis
très bien ici !

— Allons, princesse, soyez sérieuse ! Vous n'en avez pas assez de rester couchée ainsi à ne rien faire depuis cent trois ans ?

— Je ne fais pas rien, monsieur, je rêve ! Je rêve que je passe ma vie à dormir ! Et c'est très fatigant !

— Enfin, ma douce, il faut que vous sortiez de votre lit. Dehors la vie est belle, le soleil brille, les oiseaux chantent…

— Je me fiche des oiseaux ! Je préfère ma couette et mon oreiller. Et de toute façon, je ne partirai pas avec vous, vous avez mauvaise haleine et vous embrassez mal.

— Alors ça, c'est vraiment méchant ! »

Et le prince se mit à pleurer à gros bouillons.

« Eh bien oui, c'est comme ça, je suis méchante.

Alors, passez votre chemin et laissez-moi dormir en paix ! »

Et le prince s'en alla, se disant que toutes les princesses qui dorment

ne sont pas forcément des belles au bois dormant !

Quant à la princesse mal lunée, elle ronfla encore cent ans !

LE CRAPAUD-PRINCE CHARMANT

Un beau jour, un crapaud croisa sur sa route une fée très gentille et très professionnelle. À l'instant où elle le vit — « Abracadabra ! » — elle le transforma en un prince très beau, très riche et très charmant, alors qu'il n'avait rien demandé du tout !

Le lendemain, le crapaud-prince parut à la cour du roi. Il était si beau et si charmant, avec son pourpoint vert d'eau, que toutes les jeunes filles en tombèrent amoureuses.

Certes, quelquefois, il gonflait ses joues ou attrapait au vol une mouche avec la langue. Mais personne ne songeait à s'en étonner ! Au contraire, cela lui donnait un charme encore plus mystérieux.

La fille du roi tomba en amour, elle aussi. Elle vint trouver le bel inconnu qui coassait tristement au bord de la mare du palais. Le cœur battant, elle dit : « Beau géant vert, vous le devinez, je vous aime, mon cœur bat pour vous : voulez-vous m'épouser ? » Le prince cracha discrètement un petit filet de bave verdâtre, puis répondit très poliment : « Princesse, vos attraits sont attrayants, mais mon cœur est déjà pris… Dans un autre royaume, quelqu'un m'aime et m'attend. » La princesse sentit la moutarde lui monter au nez :

« Quoi, vous en préférez une autre ! Qui donc peut avoir plus de mérite à vos yeux que la fille du roi ? »

Le prince montra un nénuphar qui flottait sur la mare royale.
Une jolie rainette aux yeux graciles, aux cuisses de grenouille
et à la peau ruisselante d'eau s'y prélassait.

« Voici celle que j'aime :
la princesse
des nénuphars…

Elle m'aimait, mais j'ai été victime
d'un sortilège : une fée m'a transformé
en prince. Et seul un baiser
de mon aimée pourra me rendre
mon apparence animale… »

59

La princesse, oubliant sa colère, fut émue par cette belle et triste histoire.

Les princesses sont toujours sensibles aux histoires d'amour.

S'accrochant au bras de l'inconnu, elle lui dit :

« Pourquoi ne lui ouvrez-vous pas votre cœur, beau prince ?

— Elle prendrait peur, vous ne connaissez pas les grenouilles… »

La princesse, qui avait un grand cœur, alla chercher un appât

et une épuisette. Elle réussit à capturer la rainette, la prit sur sa paume

pour la rassurer et la tendit au prince, en lui disant d'une voix caressante :

« C'est ton amoureux, ma belle… »

Bien sûr, la grenouille ne parlait pas la langue de la jeune fille.

Elle essaya de s'enfuir mais, dans sa panique,

elle fit un saut maladroit.

Elle heurta le prince charmant

au visage et sa grosse bouche visqueuse

rencontra celle du jeune homme.

Aussitôt, dans un éclair aveuglant, le prince, libéré par ce baiser, redevint crapaud ! Et c'est ainsi que le prince retrouva son amour et que tout finit bien au pays des batraciens !

Depuis cela, la fille du roi, elle, se méfie des princes qui regardent trop les mouches voler, ont des joues rondes et des pourpoints verts.

Ce ne sont peut-être que de vulgaires crapauds !

LE MAL MYSTÉRIEUX DU PREUX CHEVALIER HUGUES

Un jour d'été, une terrible bataille eut lieu dans le royaume de France… Bien sûr, le chevalier Hugues y participa !

Dès le matin, il commença à frapper et à pourfendre les Anglois.

Vers midi, il avait brisé trois lances contre ses ennemis.

Vers trois heures, un Anglois fendit son bouclier du tranchant de l'épée.

Et juste avant six heures, alors qu'il avait le bras déjà lourd de frapper d'estoc et de taille…

Broum !

Hugues reçut un gigantesque coup de masse d'armes sur le heaume, qui fit résonner le métal dans un bruit de bourdon.

Bref, Hugues s'était bien battu. Et ce soir-là, ses trois écuyers le virent rentrer des combats en titubant.

Mais alors que d'ordinaire Hugues enlevait son casque pour se rafraîchir, cette fois il resta debout, garda son heaume sur la tête et se mit à trépigner d'un pied sur l'autre.

Les écuyers se grattèrent la tête. Leur maître avait-il un problème ?

On l'entendait crier : « Hmmgrrhm ! »

Mais les écuyers ne comprenaient pas ce que Hugues leur racontait.

Le premier écuyer essaya bien d'ouvrir la visière. Mais elle avait été coincée par le grand coup de masse d'armes sur le heaume. Il alla donc chercher un couteau, puis un tournevis et il commença à faire levier.

« Ho ! Hisse ! » c'est qu'elle résistait, cette fichue visière ! Finalement, le tournevis cassa. « Hmmmgrrrhm ! » cria Hugues.

« Notre maître est blessé. Vite, il faut le soigner ! » Le deuxième écuyer essaya alors de retirer le heaume entier. Il alla chercher un marteau, puis une scie à métaux. Bang, bang ! Il tapa et scia…

Peine perdue : le casque ne voulait pas céder.

« Hmmgrrhm !

— Il a du mal à respirer… Vite, il faut le sauver. »

Le troisième écuyer, paniqué, décida d'utiliser les grands moyens.

Il monta sur les épaules du chevalier, soutenu par ses compères.

Et en pliant bien les genoux, il tira, tira sur le casque… Mais il ne réussit
pas même à le faire bouger d'un pouce. Et quand il redescendit, Hugues
le chevalier se mit à courir comme un fou, à cloche-pied…

« Notre maître est devenu fou, se dirent entre eux les écuyers.

Déjà qu'il n'était pas très futé, le coup sur la tête a dû le déranger… »

Finalement, l'un d'eux eut une idée. Il sortit une perceuse
à percussion de sa caisse à outils.

« Vrrri vrri », fit-elle en trouant le heaume.

« Hmmmgrrhmm », fit Hugues en se tortillant.

L'écuyer réussit finalement à percer
un minuscule trou et y plaqua l'oreille.

Ce qu'il entendit le surprit tellement
qu'il ouvrit des yeux

grands

comme des

soucoupes.

Il dit aux deux autres écuyers : « Notre maître nous demande d'enlever d'abord sa chausse gauche… »

Ils haussèrent les épaules et apportèrent tous leurs outils.

Mais à leur grande surprise, la chausse sortit sans effort.

Le chevalier Hugues fit alors : « Hmmgrrhm », mais cette fois il agitait la main.

« Notre maître nous demande maintenant d'enlever son gantelet droit. »

Les écuyers, de plus en plus intrigués, obéirent.

À ce moment-là, Hugues eut l'air très soulagé. Il arrêta de gesticuler.

Il s'assit et se mit à se gratter… le pied.

« Mummmm, aah, ouhhh ! » soupira le chevalier.

Et en collant l'oreille au petit trou du heaume, on put l'entendre ajouter :

« Vadiou, ça fait du bien de se gratter ! »

LE CHEVALIER FROUSSARD

Vous connaissez le chevalier Bayard, sans peur et sans reproche ?

Au combat, c'était le plus téméraire.

Mais avez-vous entendu parler de son ami, le chevalier Froussard ?

C'était le plus grand trouillard que la chevalerie ait connu.

Quand il apercevait une souris entre les pattes de son cheval, il hurlait !

Quand il entendait le vent, il fuyait ! Et après chaque combat,

ses compagnons devaient le ramasser par terre, couché sous son cheval…

Non pas qu'il fût mort, ou même un peu blessé. Simplement, le chevalier

Froussard se cachait là, en attendant la fin de la bataille.

Un soir, le chevalier Bayard en eut assez.

« Les batailles, ce n'est pas pour toi, Froussard ! » dit-il à son ami.

« Mais si, laisse-moi encore essayer ! Cette fois, tu vas voir

ce que tu vas voir !

– Il n'y a rien à voir, Froussard. Tu es plus peureux qu'un raton laveur !

Rentre chez toi, mets-toi au lit et oublie les combats. »

Le chevalier Froussard rentra dans son donjon, un peu honteux.

Il se glissa sous les draps.

« Au moins, dans mon lit, personne ne me flanquera la frousse. »

Mais il entendit l'armoire de la chambre grincer. Est-ce qu'il y avait

un fantôme ? Il entendit le robinet goutter. Est-ce qu'il y avait une hydre ?

Il entendit le hibou boubouler. Est-ce qu'il y avait une sorcière ?

Il passa la moitié de la nuit sous son lit.

Et au matin, tout courbaturé, il se dit : « Quel poltron je fais !

Bayard a raison, même un hibou me met dans tous mes états ! »

Le lendemain, Froussard décida de faire des exercices

pour devenir le plus incroyable athlète de tous les temps.

Comme ça, plus rien ni personne ne lui ferait peur.

Cette fois, on allait voir ce qu'on allait voir ! Il commença à manier

son épée, il s'entraîna avec son bouclier. Mais tout d'un coup,

il aperçut un être étrange, tout noir, qui s'était glissé dans son dos.

Froussard fit un mouvement, l'homme en noir fit le même.

Froussard leva son épée, l'inconnu se prépara à frapper.

Cet ennemi était trop rapide, il n'avait pas une chance.

Alors Froussard fit ce qu'il savait le mieux faire :
il s'enfuit en hurlant. Et il mit plus de deux heures
à réaliser que c'était son ombre qui l'avait effrayé !

« Ça ne peut plus durer… Je dois me faire soigner ! » décida-t-il.

Le surlendemain, il alla voir Sigmund, le magicien le plus célèbre
du royaume. Le magicien l'attendait, assis derrière son bureau :

« Bonjour, chevalier. Comment va votre mère ?

— Très bien, merci, docteur. C'est moi qui suis malade.
J'ai peur tout le temps.

— Mmmoui… Passons, passons. Et votre père ? Toujours aussi mort ?

— Toujours, je vous remercie… Mais mon problème,
ce n'est pas mon père non plus. C'est la peur.

— Mmmoui… Et de quoi avez-vous peur, précisément,
preux chevalier ?

— De tout : des souris, des hiboux et même de mon
ombre !

Je suis une vraie mauviette !

— Mmmoui… J'ai ce qu'il vous faut : prenez
chaque matin quatre gouttes de cette potion
et votre peur disparaîtra. »

Froussard, la fiole dans sa poche, rejoignit
ses compagnons d'armes.

« Cette fois, on va voir ce qu'on va voir ! »

Le matin de la bataille, l'écuyer de Froussard vint le trouver :

« Seigneur, il faut vous habiller, sinon vous allez tout rater.

— Rater quoi ?

— Tous les meilleurs chevaliers sont prêts.

Il y a Bayard, Mastard, Vantard et même Fierabrard…

Ça, je peux vous dire, ça va être un beau massacre ! »

Gla-gla-gla, rien que de penser à tous ces valeureux, Froussard se mit à claquer des dents. Clac-clac-clac. Pas possible d'avaler une goutte de la fichue potion. Ouille, ouille, il était en retard !

« Pressez-vous d'enfiler votre casque, maintenant ! » dit l'écuyer.

Mais Froussard avait beaucoup trop peur. Au moment où l'écuyer lui posait le heaume sur le crâne, il se retourna pour s'enfuir.

Trop tard ! L'écuyer lui mit le casque à l'envers, une masse d'armes à la main et le posa sur son cheval.

Catastrophe. Froussard se retrouvait dans le noir, sur un cheval énervé
et avec un énorme bruit de bataille autour de lui.

Pouvait-on imaginer pire cauchemar ? Il talonna son cheval pour s'enfuir,
en agitant les bras et en criant :

« Laissez-moi, laissez-moi !
Je ne peux pas voir dans le noir ! »

Ses amis ne comprenaient pas ce qui se passait :

pour une fois, Froussard jetait son cheval au plein milieu de la bataille.

Il agitait sa masse d'armes et son bouclier en tous sens, balayant tous ceux
qui se trouvaient sur sa route. Assourdi par le casque, on aurait juré
qu'il hurlait : « Suivez-moi, suivez-moi ! On va voir ce qu'on va voir ! »

En quelques minutes, Froussard, le chevalier à la masse d'armes,
mit tous ses ennemis en déroute. Grâce à cela, il devint tellement
célèbre que même son ami Bayard fut un peu jaloux.

Le magicien Sigmund vendit beaucoup de potion contre la peur.

Mais seul Froussard connaît le vrai remède.

Maintenant, avant chaque bataille, il met son casque
à l'envers… Et il murmure à son ombre :

« On va voir ce qu'on va voir ! »

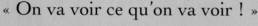

LE PRINCE QUI DEVINT DRAGONNIER

Il était une fois un pauvre prince qui s'appelait Philippe.

Il était si désargenté qu'il n'avait ni cheval, ni solides murailles
– il devait se contenter d'une mule et son donjon était fragile
comme un château de papier. Tous les seigneurs voisins
se moquaient du pauvre prince Philippe. Et lui se lamentait :
« Me voilà muletier et je vis dans un château faible, moi qui rêve d'être
un chevalier dans un château fort !

– Hi han ! » répondait tristement sa mule.

Un jour, même la mule en eut assez d'entendre ses lamentations et de ne
jamais manger de carottes. Elle lança donc une ruade de colère.

Mais ses sabots maladroits heurtèrent un mur du château faible,
un mur si mince, si mince, qu'il s'effondra.

Braouuum, boum, crac, badabang !

Tout le donjon s'écroula ! À ce moment-là, il se mit
à pleuvoir !

« Ça ne peut plus durer, dit Philippe en sortant
son parapluie troué. Il faut que je parte à la recherche
d'un trésor. »

Il enfila une vieille armure rouillée qu'il avait achetée
d'occasion dans une brocante. Et il partit,
à califourchon sur sa mule, pour aller combattre
un dragon, sauver une princesse et trouver un trésor.

C'est ainsi généralement que les chevaliers remplissent leur bas de laine.
Près de là vivait un dragon. Le pauvre prince Philippe se présenta
devant l'entrée de sa caverne et cria :
« Tremble, dragon, je suis le prince Philippe et je vais t'embrocher. »
En entendant ces mots, le dragon sortit tranquillement de son trou.
Il faut dire que la voix douce et aiguë du prince Philippe
ne faisait trembler personne. Il demanda, stupéfait :

« M'embrocher ?
Mais pourquoi ?

— Pour libérer la princesse que tu gardes
prisonnière. Je vais l'épouser, trouver
ton trésor et je deviendrai très riche
et très heureux.

5

— Je crois que tu as frappé à la mauvaise caverne. Je n'ai ni princesse
à chérir, ni trésor à garder. Je suis seul comme un vulgaire rat et je passe
mes journées à pleurer comme un crocodile. Je suis désooolé... »

Et à ces mots, de grosses larmes jaillirent des yeux globuleux du dragon.

Philippe fondit lui aussi en larmes. « C'est bien ma chance, dit-il.

Non seulement je n'ai plus de château, mais, en plus,

je tombe sur le seul dragon minable et dépressif de toute la contrée !

— Je sais quand même voler et je crache très bien du feu »,

protesta le dragon entre deux sanglots.

À ces mots, Philippe eut une idée.

Il dit : « Crois-tu que tu supporterais mon poids ?

　　　　　　　— Ben oui, je ne suis pas une mauviette

　　　　　　　quand même », répondit le dragon.

« Eh bien, à nous deux,
nous allons
devenir
redoutables ! »

Et c'est ainsi que Philippe cessa d'être prince muletier, pour devenir prince dragonnier. À cheval sur son dragon, il attaqua les puissants châteaux forts de ses voisins moqueurs. Il réussit à piller leurs trésors. Finalement, il devint si riche et si puissant qu'il acheta une forteresse toute neuve, avec de gros murs très épais et très solides.

Dans les écuries, il installa sept chevaux, un pour chaque jour de la semaine. Il acheta aussi un gros sac de carottes pour sa fidèle mule.

Avec sa part du butin, le dragon, quant à lui, s'offrit une caverne flambant neuve. Il fut chargé de garder le trésor de Philippe.

Et voilà comment tout finit bien pour le pauvre chevalier Philippe, sa mule et son dragon.